classic tales · cuentos clásicos · classic tales · cuentos clásicos

el pastorcito **mentiroso**

the little boy who **cried** wolf

Published by Scholastic Inc., 90 Old Sherman Turnpike, Danbury, Connecticut 06816,
by arrangement with Combel Editorial.

ISBN-13: 978-0-545-02960-5
ISBN-10: 0-545-02960-0

12 11 10 9 8 7 6 5 4 3 2 1   7 8 9 10 11/0

Printed in the U.S.A.

First Scholastic printing, May 2007

el pastorcito mentiroso

the little boy who cried wolf

Adaptación/*Adaptation* Darice Bailer
Ilustraciones/*Illustrations* Francesc Infante
Traducción/*Translation* Madelca Domínguez

SCHOLASTIC INC.
New York   Toronto   London   Auckland   Sydney
Mexico City   New Delhi   Hong Kong   Buenos Aires

Había una vez un joven pastor que cuidaba un gran rebaño de ovejas. Todos los días, el pastorcito llevaba las ovejas a pastar. Con un cayado en la mano y el perro a su lado, llevaba a las ovejas hasta un prado verde en lo alto de una montaña.

There was once a young shepherd boy who took care of a large flock of sheep. Every day he rounded up the sheep to graze. With his staff in hand and his dog at his side, the shepherd led the flock to the grassy fields at the top of a tall mountain.

Allí, bajo el sol radiante, las ovejas mordisqueaban la hierba verde y suave. El pastorcito y su perro esperaban pacientemente horas y horas todos los días.

There the gentle sheep nibbled on the soft blades of grass in the warm sunshine. The shepherd and his dog waited patiently for hours every day.

Desde la montaña se podía ver el pueblo donde vivía el joven pastor. El chico muchas veces miraba hacia el pueblo y pensaba en sus amigos y en cuánto los echaba de menos. En lo alto de la montaña siempre reinaba el silencio y el chico se sentía un poco solo.

The mountain overlooked the village where the shepherd lived. The boy often looked down, missing his friends and longing for excitement. It was always quiet on the grassy mountaintop, and a little lonely.

Un día, el pastorcito pensó que sería divertido hacerles una broma a los campesinos que trabajaban al pie de la montaña. El chico hizo como si un lobo atacara a sus ovejas y gritó con todas sus fuerzas:

—¡Un lobo! ¡Ahí viene el lobo!

One day the shepherd thought it would be fun to play a joke on the farmers working below. The shepherd pretended that a wolf was threatening to eat his sheep. Yelling as loudly as he could, the boy cried, "Wolf! Wolf!"

Los campesinos sabían cuan peligrosos eran los lobos y se asustaron mucho cuando escucharon al pastorcito. Corrieron a toda velocidad hacia lo alto de la montaña para ayudar al chico y a sus ovejas.

—◦◦◦—

The farmers knew all about the danger of wolves, and they were very frightened when they heard the young boy's cries. The farmers ran as quickly as they could, huffing up the mountain, to help protect the boy and his sheep.

Cuando los campesinos llegaron a lo alto de la montaña se encontraron a las ovejas pastando tranquilamente. El pastorcito se rió de ellos.

—No hay ningún lobo—dijo el chico—. Los engañé, fue una broma.

When the farmers reached the top of the mountain, they found the sheep grazing peacefully. The shepherd laughed at them.

"There is no wolf," the boy said. "It was only a trick—and you believed me!"

—No lo vuelvas a hacer —le dijeron los campesinos y regresaron a sus labores.

———✧✧✧———

"Don't do that again!" the farmers scolded and returned to the village to work.

20

Unos días después, el chico volvió a repetir la broma a los campesinos.

—¡Un lobo! ¡Ahí viene el lobo! —gritó el pastorcito—. No es una broma.

Una vez más los campesinos corrieron a lo alto de la montaña y encontraron al chico muerto de risa.

A few days later, the boy decided to trick the farmers again.

"Wolf! Wolf!" yelled the shepherd. "It's not a trick!"

Once again the farmers ran up the hill, only to find the boy laughing at them.

Pero un buen día, un lobo salió del bosque y fue a lo alto de la montaña. El pastorcito se moría del miedo.

—¡Socorro, socorro! —gritó a toda voz—. ¡Esta vez sí hay un lobo!

Then one day a wolf did sneak out of the forest and up the mountain. The shepherd was truly frightened.

"Somebody help me!" he shouted as loudly as he could. "There's really a wolf!"

Los campesinos siguieron cortando la hierba y sembrando tranquilamente sin hacer caso a los gritos del chico.

—Nos engañó una vez, nos engañó dos veces, pero no nos engañará una tercera vez. Ya lo conocemos —dijo uno de los campesinos.

The farmers kept on calmly hoeing and planting. They ignored the boy's cries.

"He fooled us once and he fooled us twice, but he won't fool us a third time. We know him too well!" one farmer said.

El chico, solo y muerto de miedo, no pudo proteger a sus ovejas. Muy triste, se dio cuenta de que solo él era culpable de lo sucedido. Por haber mentido tantas veces, nadie le creyó el día que realmente dijo la verdad.

Alone and afraid, the boy could not protect all of his sheep. The sad shepherd realized that he had nobody to blame but himself. Because he had lied so often, nobody believed him the day he finally spoke the truth.